삶이 웃는 날은
쉬어 간다

스텔라 지음

단발머리 담덕 두 번째 책

삶이 웃는 날은
쉬어 간다

초판 1쇄 인쇄일 2021년 11월 20일
초판 1쇄 발행일 2021년 12월 3일

지은이 | 스텔라
펴낸이 | 양옥매
디자인 | 김영주
교　정 | 조준경

펴낸곳 도서출판 책과나무
출판등록 제2012-000376
주소 서울특별시 마포구 방울내로 79 이노빌딩 302호
대표전화 02.372.1537　**팩스** 02.372.1538
이메일 booknamu2007@naver.com
홈페이지 www.booknamu.com
ISBN 979-11-6752-066-1(03810)

삶이 웃는 날은 쉬어 간다

스텔라 지음

단 발 머 리 담 덕 두 번 째 책

책과나무

Contents

프롤로그

prologue ♡

담덕이가 있어 더 소중한 봄날♡

어디선가 꽃 속에 묻혀 있다가도
도움이 필요할 것 같으면
쏜살같이 달려와 존재감을 더해 준다.

사이 있는 날은 쉬어 간다

여름,
담덕이와 함께하는
소소한 일상

2019. 6. 9.

나스터치움, 로즈마리, 아무것도 해 준 게 없어 미안한 돌살구까지…
유월의 허브위 농원은 평화롭다.

단발머리 담덕은 스텔라 엄마를 지키는 귀여운 보디가드♡

삶이 웃는 날은 쉬어 간다

여름, 담덕이와 함께하는 소소한 일상

2019. 6. 10.

산책 중 담덕이가 주차 경계 화분 앞에서
옹달샘 언어로 알려 주었다.

조심스럽게 화분을 들어 보니, 서프라이즈~
아기 새들이 엄마를 기다리고 있는 듯♡

살그머니 담덕이랑 행복하게 뒤돌아섰다.
산속에 사는 소소한 일상~^^

삶이 웃는 날은 쉬어 간다

2019. 7. 7.

예쁜 사람들과 즐거웠던 허브티 수업♡

삶이 웃는 날은 쉬어 간다

여름, 담덕이와 함께하는 소소한 일상

가을,

따뜻함을 느끼는
계절에

2019. 9. 22.

음악을 전공하며 틈틈이 농원 일을 돕는 큰아들이
어설픈 농부 엄마 스텔라보다는 카렐 차페크 같은 정원가가 되기를,
헤르만 헤세처럼 정원 일의 즐거움을 알기를 늘 소망한다.

분리수거가 힘든 곳이라 한참 모아 놓은 종이 더미 앞 화분에
하트를 만들어 꽂고 어여쁜 국화를 심어 준
이 아이의 마음이면 기대해 봐도 되는지~^^

삶이 웃는 날은 쉬어 간다

태풍이 지나간 후 힘들어하는 아이들에게

각자의 존재감을 일깨워 용기를 주고자

이름표를 새로 만들어 주었다.

삶이 웃는 날은 쉬어 간다

2019. 9. 30.

스텔라를 고모할머니라고 부르는 송원이가 놀러 왔다.
스텔라가 초등 4학년일 때 16살 터울의 오빠는
스텔라를 송원이 엄마의 고모가 되게 해 주었으니~

송원이가 담덕이를 그려 왔다.
자연 속에서 식물들과 함께하는 담덕이를 생각하며
단발머리까지 예쁘게 표현했구나^^

사실 송원이는 우리 집에 오면
담덕이보다 큰아이를 먼저 찾는다.
둘이 웃는 모습도 참 예쁘다♡

삶이 웃는 날은 쉬어 간다

가을, 따뜻함을 느끼는 계절에

2019. 10. 3.

해마다 광복절이나 개천절이 되면

가까운 지인들과 모여 소박한 파티를 한다.

이날은 농원(Farm)이 정원(Garden)으로 변신~

남편이 불을 지펴 큰 솥에 따뜻한 국을 끓이고

아이들의 웃음소리가 떠들썩해지면

우리들 마음속에서 해피 바이러스는 저절로 생겨난다.

삶이 웃는 날은 쉬어 간다

2019. 10. 7.

군대 휴가 나온 작은아이와 담덕이의 애틋한 가을날♡

내일이면 군대 복귀하는데….

담덕이는 엄마 다음으로 작은형아를 좋아한다.

삶이 웃는 날은 쉬어 간다

2019. 10. 9.

이십여 년 전 세 뼘 작은 감나무를 심어 주셨던
친정엄마 생각에 멍하니 하늘을 올려다보고….
담덕은 군대 복귀한 작은형아 생각에 까치발을 하고
창밖을 보다 형아 방 침대에서 잠이 들었다.

담덕이의 그 애틋한 마음을 알기에
작은아이 냄새가 남아 있는 이불을 덮어 주었다.
사랑하는 사람이 그리운 눈부신 가을날이다.

삶이 웃는 날은 쉬어 간다

수확의 기쁨♡

2019. 10. 15.

크리핑 로즈마리에게 막대와 돌로 버팀목을 만들어 주고
어린 장미에게 동그랗게 물길을 만들어 잔돌로 테두리를 해 주고
집에 오니, 담덕이가 푹신한 매트 위에서 새근새근 낮잠을 자다 일어난다.

이 녀석이 추워서 푹신한 걸 찾은 건 아닐 텐데…
가을 타는 담덕인가 싶어 남편이 업어 주었다.
따뜻함을 나누는 계절이다♡

사이 웃는 날은 쉬어 간다
20

가을, 따뜻함을 느끼는 계절에

품위 있는 그녀들♡

직접 만든 가방과 옷, 모습도, 생각도 아름다운~

깔깔깔 수다가 더해져 가을날 한 끼가 풍요로웠고

내세우지 않는 겸손함이 있어 무장 해제된 내 마음이 따뜻했다.

엄마의 낮 시간이 궁금했을 담덕이에게

선물 받은 인형 커플과 빈티지 레이스 보를 보여 주며

마음을 어루만져 주었다.

삶이 웃는 날은 쉬어 간다

가을, 따뜻함을 느끼는 계절에

2019. 10. 26.

화분을 옮기다 보니, 담덕이가 나르시스가 된 건 아니겠지?

수선화도 좋아하지만 난 지금의 네가 더 좋은데….

하하~ 담덕이가 아끼는 돌이

단풍잎이랑 같이 물에 빠져 있었구나.

해결사로 변신하는 엄마가 있잖니^^

삶이 웃는 날은 쉬어 간다

온실 속 큰 화분에서 건강하게 지내며 변함없이
꽃을 피우는 친구들을 보면 고마운 마음뿐이다.
다른 아이들은 봄이 되면 밖으로 나가
세 번의 계절을 오롯이 느끼다 오는데
이 친구들은 화분이 힘에 겨워 온실 속에만 두니….

미안한 마음에 아침마다 나랑 담덕이가
세상 얘기를 많이많이 들려준다.

안녕? 안녕! 이해해 주어 고마워~

삶이 웃는 날은 쉬어 간다

시월의 단풍을 즐기는 단발머리 담덕.

농원에서 자연과 함께하는 내추럴 런웨이~

삶이 웃는 날은 쉬어 간다

가을, 따뜻함을 느끼는 계절에

2019. 11. 1.

미셀 투르니에와 에두아르 부바의 『뒷모습』.
뒤쪽이 진실이다.
등은 거짓말을 할 줄 모른다.

한 살 된 담덕이를 안고 있는 스텔라의 뒷모습.

그리고 요즈음 내게 가장 아름다운,
담덕이의 순수하고 맑은 뒷모습.

삶이 웃는 날은 쉬어 간다

가을, 따뜻함을 느끼는 계절에

가을 남자, 담덕^^

삶이 웃는 날은 쉬어 간다

온실 안으로 화분 옮기는 엄마 도와주랴,

실수로 일찍 일어난 아빠 운동시켜 주랴…

오늘 아침에도 '열일'하는 사랑스런 담덕^^

가을, 따뜻함을 느끼는 계절에

사이 웃는 날은 쉬어 간다
20

말하지 않아도 알아요♡

가을, 따뜻함을 느끼는 계절에

바깥에 남아 있던 식물들을
아침 일찍부터 서둘러 온실 안으로 옮기고 나면
온몸이 욱씬욱씬거리지만 마음은 한결 가벼워진다.
늦가을이 되면 몸이 알아서 편안함을 찾는 듯하다.

추운 겨울을 견뎌 내라고 라벤더 윗부분을 잘라 내고
말려 두었던 꽃을 모아 리스를 만들었다.

아이들이 아기였을 때부터 라벤더 오일은 필수품이었다.
물론 삽살개 담덕이를 키우는 지금도
들고 다니는 천가방엔 라벤더 오일이 들어 있다.

다 만든 라벤더 리스 위에 라벤더 오일을 몇 방울 떨어뜨리며
가을밤을 쉬게 해 준다.

삶이 웃는 날은 쉬어 간다

2019. 11. 11.

끌려가 짓밟히고 찌그러진 철제 화분도 사과받을 권리가 있다.

도로변 간판 옆 인도에 차를 세우고 머리 긴 아주머니와 아저씨가
단풍 사진을 찍는 모습이 CCTV에 포착되었다.
한참 후 우리 주차장 안으로 그 차의 뒤편이 들어오더니
나가면서 턱이 있는 인도에 반, 차도에 반 차를 걸쳐 두고
바닥에서 붕 뜬 채 계속 있는 모습이 보였다.
왜 그러지? 지나가는 차들도 빵빵 울려 대는데….

확인하러 가 보니 간판 옆에 둔 커다란 철제 화분이 없어졌다.
누가 가져간 걸까? 이 차는 왜 이러고 있는 걸까?

간판 옆에 있던 화분이 도로에 내려가서 차 밑에 깔려 찌그러져 있었다.
차에서 내리지도 않던 사람들이 내가 사진을 찍으니
그제야 아저씨만 내려 견인차를 불렀다며 담배꽁초만 버렸다.
미안하다는 사과 한마디만 했어도 좋은데
도리어 인상을 쓰며 법대로 하란다.

아, 삶은 이게 아닌데….
소프워트 허브가 여름 내내 예쁘게 피어 있었던
이 화분 하우스를, 나쁜 아저씨가 어찌 알겠나.

52   삶이 웃는 날은 쉬어 간다

살아남은 화분, 해리포터♡
나쁜 아저씨의 차에 끌려가서 짓밟히고
찌그러졌어도 살아남은 철제 화분.

나쁜 아저씨(볼드모트)의 차 밑에서 살아남았으니
우리는 이 친구를 '해리포터'라고 부르기로 했다.

창고를 뒤져 해리포터 방어막으로 적당한 받침대를 찾아냈다.
찌그러져 작아진 키만큼 자존심도 상했을 것 같아
받침대 밑에 벽돌을 여러 장 깔아 키를 높여 주었다.

남편이 만들어 준 나무하트에 색칠을 해 말린 후 이름을 써 주고
입구를 알리는 표지판도 같이 꽂아 자존감을 살려 주려 애썼다.

미안하다, 우리가 더 사랑해 줄게...^^

삶이 웃는 날은 쉬어 간다

사과, 토마토, 수박, 감 등등 과일을 좋아하는 담덕이가
단감 깎아 둔 걸 지나칠 수가 없었겠지.

세월에 익숙해진 남편은 홍시를 드시고
풋풋한 담덕은 아삭아삭 단감을 맛있게~

삶이 웃는 날은 쉬어 간다

2019. 11. 17.

저녁에 한잔하는 것을 좋아하는 남편을 둔 덕에
밖에서 즐거운 모임이 생기면 나는 대리운전 담당이다.

줄리 선생님 수업을 듣게 하고픈 남편은
와인을 김치찌개처럼 컬컬하게 마셔 버리고,
짠~ 잔 부딪히는 걸 좋아하는 나는
붉은 히비스커스 허브티를 와인잔에 담아 같이 어울린다.

아, 담덕이는?
차에서 얌전히 기다리다 다음 날 아침
마당에서 축구를 하며 기분을 푸는 듯^^

삶이 웃는 날은 쉬어 간다

군대에서 휴가 나올 때마다 콜라겐크림, 달팽이크림 등을
사 오는 작은아이가 이번에는 두툼한 검정 장갑까지 사 왔다.

라벤더랑 자스민 오일이 들어간 핸드크림을 갖고 있음에도
나는 이 아이의 군대 크림을 소중히 바른다.

해리포터 화분 일이 있었던지라 신경이 쓰였던지
아빠를 도와 20대가 넘게 설치된 CCTV를 확인하고
숨겨져 있는 비상벨을 점검한 후 온실을 둘러보며
담덕이에게 엄마 잘 지켜 달라고 신신당부하고 군대에 복귀했다.

그리운 작은형아 냄새가 남아 있는 침대에서
잠을 청하는 담덕이에게 이불을 덮어 주며
스텔라는, 이십 몇 년 전 봄날 작은아이가 태어났을 때
딸아이가 아니라고 섭섭해했던 기억이 떠올라 살며시 웃음이 나온다.

사이 웃는 날은 쉬어 간다

가을, 따뜻함을 느끼는 계절에

더 추워지기 전에 야외에 있는 수도까지
꽁꽁 싸매고 온실 문도 굳게 닫고….

누런 호박을 반 쪼개어 마당에서 수확한 대추랑
강낭콩, 밤을 굵게 썰어 넣고 묽은 호박죽을 끓였다.
담덕이도 먹을 수 있게 간을 하지 않았다.

배추와 오이, 무, 사과, 단감 등을 작게 썬 다음
오미자효소 담근 걸 섞어 오미자 물김치를 만들어 같이 먹는다.

농원 일이 줄어드니 순수한 먹거리를 만들 여유가 생겨 좋다~

 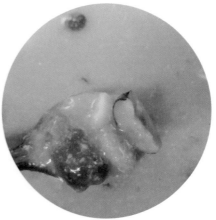

삶이 웃는 날은 쉬어 간다

가을, 따뜻함을 느끼는 계절에

겨울,

반짝반짝
ㄴㄱㄴㄱ
소중한 선물을
ㅇㄴ ㄴㄹㄹ

며칠 전부터 2주 정도 즐겁게 쉰다, 겨울잠♡

지난 가을 아이들이 생일 선물로 사 준
담덕의 털을 닮은 잠바를 입고 여행도 가능하고,
천장에 야광별과 추억의 턴테이블이 있는
다락방에 올라가 한참을 안 내려와도 되고,
음악·책·영화를 양껏 즐겨도 되고,
공연이나 전시장도 편히 가 보고….

예전엔 늦가을이 그저 쓸쓸할 때도 있었지만
봄·여름·가을의 농원 일과 우리 집 남자들 수발에 쉴 틈 없는
지금은 이 계절이 그리도 기다려지고 즐겁게 누리고 싶다.

오뚝이처럼 일어나 열심히 일한 세 번의 계절
다음에 오는 나의 겨울은 주위분들을 챙기며
겸손해지고 내면에 충실해지는 계절인 것 같다.

삶이 웃는 날은 쉬어 간다

겨울, 반짝반짝 소중한 선물은

2019. 12. 2.

지난주에도 오늘도 쇼윈도 곰 인형은 꼼짝 않고,
밝은 불빛의 가게 안으로 들어가지 못하는 담덕은
크리스마스트리엔 관심 없이 오늘도 곰 인형만 한참 바라보았다.

담덕천사가 뒤에서 바라보는 걸 저 곰 인형은 알까?

남편은 그런 담덕이가 애틋했는지 반짝반짝
12월의 겨울밤에 자발적으로 담덕이랑 놀아 주었다.
연말에 착한 일 하나쯤은 해야 될 것 같은 생각이 든 건 아닌지^^

삶이 웃는 날은 쉬어 간다

2019. 12. 4.

천천히 마음을 담아 깊은 맛을 내야 하는 김치나
잼, 조청 등을 만들 때에는 신선한 재료도 중요하지만
우리 집 남자들이 없는 듯이 있어 주는 게 필수 조건이다.
그래야 오롯이 집중할 수 있으니까.

라벤더 잼은 남편이랑 담덕이가
잠들길 기다렸다가 밤에 주로 만든다.

제철 과일과 유기농 라벤더를 넣어 정성껏~
갓 구운 빵에, 플레인 요구르트에…
라벤더 향이 살짝 느껴지는♡

삶이 웃는 날은 쉬어 간다

크리스마스가 있어 더 설레는 12월은 그냥 축복이다.
라디오에서 전기현의 〈세상의 모든 음악〉을 들으며
배추전을 부칠 수 있으니까~ 하하^^
이 작은 행복에 저절로 웃음이 나온다.
농번기에는 어쩌다 가능한 일이
12월에는 자연스러이 되는 소중한 여유♡

남편은 굴을 넣은 배추전을,
아삭아삭 생배춧잎을 잘도 먹는 담덕은
돈까스를 잘라 쌈 싸 주기도 한다.

12월엔 모든 이들이 다 행복했으면~^^

삶이 웃는 날은 쉬어 간다

메리 크리스마스~ 담덕!
나무들도, 바람도, 하늘도~
올 한 해 다들 고마웠어요!

– 책『단발머리 담덕』중에서

삶이 웃는 날은 쉬어 간다

2019. 12. 25.

크리스마스 오후에, 아이~ 깜짝이야^^

경기도에서 오랜 시간 차를 타고 온 잉글리시쉽독 춘배는
담덕이가 작아 보일 만큼 덩치가 컸다.
담덕이네 농원을 9개월 된 큰 아기가 신나게 뛰어다니고~

농원 구조를 훤히 알고 있는 담덕 형아는
힘이 넘치는 귀염둥이 동생 따라다니며 어울려 주고~

멀리서 담덕이 보러 와 주어 고마웠다♡

삶이 웃는 날은 쉬어 간다

겨울, 반짝반짝 소중한 선물은

2020. 1. 1.

담덕이랑 온실 친구들과 인사하며 새해를 시작한다.

춥지만 온실 문도 잠시 활짝 열어

새로운 바람을 담은 기운을 넣어 주고.

라벤더, 버베나 ,레몬밤, 티트리나무도 새해 더 예뻐지렴.

어머나, 작은 로즈마리가 보라색 꽃을 피웠구나^^

나에게 주는 새해 선물이겠지? 하하~

얘들아, 새해에도 다들 건강하자♡

2020. 1. 5.

찬바람이 불면 카모마일 허브티
하나하나 손으로 정성을 다했다.

스텔라의 갱년기엔 단발머리 담덕~
힘들 때도 이 아이만 보면 스마일♡

삶이 웃는 날은 쉬어 간다

2020. 1. 7.

자작나무 오형제는
겨울비를 한여름 소나기처럼 즐기고.

비가 오면 구름 위에 떠 있는 듯한 담덕의 집.
안개 사이로 멋있는 남자, 담덕이 걸어온다.

난로는 고구마를 구워 내고,
담덕은 레몬버베나 스친 물에 반신욕을….

삶이 웃는 날은 쉬어 간다

2020. 1. 11.

테라스 앞에 있는 두 그루의 벚나무들은
세상에서 제일 우아하고 품위 있는 스텔라의 나무 친구들이다.
해마다 4월이 되면 나의 가슴을 터질 듯 부풀게 만드는^^

엘리와 그레이스라는 이름이 있는 이 친구들의
나뭇가지를 보호하고자 튼튼한 나무 지지대를 만들어 선물했다.

나무 작대기를 이용하니 팔공산의 세찬 바람에
견디지 못하기에 튼튼한 조형물처럼 만들었다.
며칠 전 태풍급 강한 바람에도 끄떡없었다.

겨울에는 조금 외로워 보여 나무 지지대에
하트를 주렁주렁 달아 주었다.

엘리와 그레이스, 사랑해~
세상의 모든 나무들도♡

삶이 웃는 날은 쉬어 간다

겨울, 반짝반짝 소중한 선물을

2020. 1. 22.

오피아 언니의 자수 작품은
제인 오스틴의 소설 같다, 스텔라에겐.

상자를 여는 순간 그 놀라움이란~^^
담덕이와 나의 설빔으로 해마다 잘 착용하리라.

할머니가 되면 예쁘게 두르고 손주들과 사진 찍고 싶다.
소중한 선물 귀하게 대접할게요♡

삶이 웃는 날은 쉬어 간다

도무지 알 수 없는 겨울.

담덕이랑 농원을 정리하다 보니 레몬밤 새잎이 올라오고 있다.
애플민트도, 스피어민트도 겨울 모습 아니었고….

따뜻해진 지구의 모습은 사람들이 만든 거니,
우리가 책임질 일들이 세계 곳곳에서 생기는 건 당연하겠지.

펑펑 눈이 내리려나?
겨울밤 새벽 창가에서 많은 날들을 고대했었다.

다가온 봄이 미운 건 아닌데….

삶이 웃는 날은 쉬어 간다
20

겨울, 반짝반짝 소중한 선물은
윤 느그느그 숭앙느 느르르

2020. 2. 3.

중세 유럽에서 페스트가 유행일 때
세이지, 라벤더, 타임, 로즈마리를 이용했었다.

살균·소독 효과가 있는 허브들을 바닥에 깔거나 현관문 위에 두어
병마의 침입을 물리치는 액막이로 이용하였던 것이다.
작은 꽃다발이나 포푸리로 만들어 들고 다니기도 했었고.

나는 요즈음 루이보스에 발한 작용이 있는
카모마일이나 폐에 좋은 페퍼민트를 살짝 섞어 자주 마신다.
라벤더와 로즈마리 오일도 주위에 떨어뜨리고.

코로나 바이러스,
다들 무사히 후다닥 지나가기를….

삶이 웃는 날은 쉬어 간다

2020. 2. 6.

담덕이가 여덟 살이 되었다.

낮 시간이 바쁜 아빠를 위해(사실은 빨리 축하해 주고 싶어서)
자정이 지나자마자 큰형아의 피아노 연주로 축하해 주었다.
작은형아는 군대에서 혹한기 훈련 중이라….

늘 지금처럼 건강하게 있어 주렴♡

겨울, 반짝반짝 소중한 선물을

샤이 웃는 날은 쉬어 간다

2020. 2. 16.

14년 전 초등학생 두 아들들을 보디가드로 데리고 남아프리카로 갔었다.

아이들에겐 사자와 얼룩말을 야생에서 보러 가자며 말했지만

내 마음속엔 루이보스 허브티에 대한 생각뿐이었다.

루이보스가 최고의 차(tea)라서 좋은 건 유럽에서 다 가져간다며

열띤 설명을 해 주던 현지인은 위험한 곳이니

일찍 숙소에 들어가서 절대 나오지 말라고 우리에게 신신당부했었다.

루이보스는 붉은 덤불(관목)이다.

케이프타운 고산지대에서 자생하는 최고의 허브차로

그 효능은 어마어마하다.

불면증, 체지방 감소, 알레르기 증상 완화, 노화 예방 등등⋯

임산부와 어린이에게도 안전하다.

청년이 된 두 아이들은 어쩌다 남아프리카 얘기가 나오면

무서웠던 요하네스버그나 케이프타운의 테이블마운틴,

사자와 기린, 하마 등을 얘기하는데

삶의 무게로 팔뚝이 굵어지고 등이 두꺼워진

나는 여전히 루이보스를 먼저 떠올린다.

삶이 웃는 날은 쉬어 간다

2020. 2. 20.

착한 마녀가 되고 싶었다.

『오즈의 마법사』에 나오는 글린다처럼….

약간 통통한 사람을 좋아하기에 마르지 않은 천사를 찾다가

얼굴이 통통한 착한 마녀를 만들었다.

15년 전쯤 쌈지길에서 처음 만났던 해피소드의

어여쁜 아가씨가 많이 도와주었다.

우리 집 착한 마녀들은 빗자루 대신 로즈마리나

올리브 가지를 타고 날아다니며 허브위를 지켜 준다, 흐뭇♡

조용한 오후에 마녀 몸통을 만들다가

코로나 바이러스를 막아 내는

착한 스텔라 마녀가 되고 싶다는 생각이 들었다.

슬슬 농부의 몸이 깨어나는 2월 말에
마스크 안 해도 되는 온실에서 담덕이랑 낮 시간을 보낸다.

철제 화분 속에서도 어여쁜 제라늄이,
보라색 꽃으로 용기를 주는 로즈마리가 고맙다.

평화로이 자는 담덕이의 모습은
라다크 여인들의 미소만큼이나 위안을 주고.
곧 활짝 웃게 되겠지^^

—

밝은 호수에 떠 있는 달이
호수에 들어가는 일이 없지만
맑은 물 위에 비춰지고 있음을 깨달아라.
— 책 『오래된 미래』 중에서

삶이 웃는 날은 쉬어 간다

2020. 2. 28.

집 안에서 원래 잘 지내는 편이라
코로나로 떠들썩한 바깥에 비해 의외로 평화로운 날들이다.

스텔라의 옷을 만들어 주리라~
십여 년 전 독학으로 재봉틀을 공부한 남편 덕에
평상시 내가 입는 원피스는 남편 작품이 많다.
그래서 낡아도 꿰매 입고 아낀다.

아이들이 어릴 때에도 광목으로 사각 속옷을 만들어 주면
내가 각자의 이니셜을 새겨 주었다.
담덕이 가슴줄이랑 목줄도 광목으로 만들어 이름을 새겨 주었고.

흐린 날 곤히 자고 일어나니 옷방에
(결혼기념일) 도톰한 원피스가 놓여 있네.
요즈음은 본인 일이 바빠서 여유가 없었을 텐데♡

서랍을 뒤져 하트 단추를 3개만 찾을 수 있었나 보다^^
어쩐지 며칠 전 담덕이의 마스크만 만들어 주니 조금 섭섭해하더라니.
보호필름을 넣어 커다랗게 남편을 위한 마스크 하나 만들어야겠다.

삶이 웃는 날은 쉬어 간다

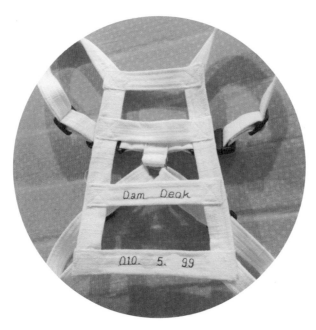

산이 웃는 날은 낮은 쉬어 간다

허브로 보호막이 쳐진 울타리 안에서 잘 지내는 기특한 담덕이를 위해
양파를 넣지 않고 치즈와 토마토만 넣은 후
고기 한 점 올린 피자를 준비했다.

아빠 옆 소파에 누워 보아도 바쁜 아빠는 전화만 받으시고,
갑자기 생긴 봄날의 여유 시간을 활용하느라 페인트 칠하는
엄마 옆에 가 보아도 제대로 쳐다봐 주지 않았으니
담덕 혼자 온실 안 친구들을 만나고 왔네..

스스로 택한 자발적 격리.
대구 안에서만 스스로 알아서 조심하고 다른 지역에 가지도 않는다.

담덕, 이제 곧 상쾌한 봄으로 바뀌겠지?

사이 있는 날은 쉬어 간다

겨울, 반짝반짝 소중한 선물을
느끼느끼 있는 느릅르

그리고 봄

꽃향기에
흠뻑 취하다

식물 전체에서 상쾌한 향을 풍기는
로즈마리로 쿠키를 만들었다.

헝가리의 엘리자베스 여왕은 로즈마리로 만든 헝가리 워터로
젊음과 아름다움을 유지해 72세에 폴란드 왕의 구혼을 받았다고 한다.

봄기운 가득한 생활이 집 안에서 이루어지는 요즈음
(나쁜 코로나 바이러스)
집중력과 기억력을 증진시키는 로즈마리로
차를 마셔도, 쿠키를 만들어도, 고기 요리에 넣어도,
식물 자체의 향으로 기분을 전환하고 공기를 맑게 해도 다 좋을 듯~^^

삶이 웃는 날은 쉬어 간다

2020. 3. 19.

올 한 해도 스텔라와 함께할 의리 있는 동지들♡

흐림 조금 햇살 많이 나오며 시원한 바람이 부는
오늘 같은 날은 개인적으로 의미가 있는~

이 바람이 잦아들면 온실 속 아이들을
하나씩 바깥세상으로 나오게 하리라.
담덕이랑 더 부지런해져야겠다.

삶이 웃는 날은 쉬어 간다

품위 있고 탐스런 목련~^^

어제 반나절 화분 옮기고 흙 나르는 엄마 따라다니느라
핼쑥해진 담덕이는 오늘은 계단에서 엄마를 기다리고….

다른 일 하느라 눈길 주는 걸 놓쳐 미안한 땅 한편에서
차이브, 카네이션, 레몬밤 등이 고개를 쑥~ 내밀었다.

마가렛, 라넌큘러스 등등 다 예쁘지만,
풍선처럼 마음을 부풀게 하는 목련꽃에서
당분간은 못 헤어날 것 같다.

그리고 봄, 꽃향기에 흠뻑 취하다

온실 속 아이들을 바깥으로 옮기다 보니
지난가을 노지에서 옮겨심기한 가든 세이지가 꽃을 피웠다.

노지에 있는 친구들은 아직 웅크리고 있는데
온실 속 이 아이는 이곳이 마음에 들었나 보다.
장미 줄기 틈 사이로 어렵사리 자기만의 공간을 확보해
하얀 얼굴을 내미는 이 친구도 사랑스럽고~

4월에도 한 번씩 겨울이 되곤 하는 산속이라
몇몇 아이들만 조심스레 바깥바람을 느끼게 해 주는데,
백일 지나 돌 되려는 아가들처럼 하나같이 예쁘다.

2020. 3. 27.

살구나무에 꽃이 폈다.

이곳에 우리가 살기 전에 계셨던 분들은 나무가 시커멓고
꽃이 잘 안 핀다며 그다지 기대하지 말라고 하셨다.

살구나무 두 어르신들께 그저 잘 살아만 달라고 인사를 드렸다.
첫해에는 조금의 꽃이 눈에 들어왔다.

그리고 몇 해가 더 지나자,
오래된 고목나무에 연분홍 꽃이 흐드러졌다.
올해에도 마냥 우리를 행복하게 해 준다.

사실 우리는 살구나무들에게 해 준 게 없다.

큰아이는 담덕이랑 놀아 주면서
어릴 적 살구나무에 올라갔던 추억을 얘기하고,
스텔라는 이 살구꽃이 질 무렵이면 벚꽃이 필 거라는 생각을
속으로 해 본다, 살구나무 어르신들 몰래.

그리고 봄, 꽃향기에 흠뻑 취하다

2020. 3. 30.

라벤더 마말레이드를 만들었다.

제주도에서 수확한 하밀감을 베이킹소다와 소금으로 씻고
껍질과 과육, 씨를 분리해 따로따로~ 과정을 거친 후
라벤더를 퐁당~ 음, 고급진 맛^^

요거트로, 스무디로 활용해도 좋고 금방 구운 빵에 발라 먹어도
입안에서 라벤더 향 은은한 마말레이드 봄을 느낄 수 있다.

빨강머리 앤이 벚나무에게 '눈의 여왕'이라고 부른
이유를 느껴 보게 해 주는 앨리와 그레이스는
담덕이 아침마다 첫인사를 하는 친한 친구들이다.
– 책 『단발머리 담덕』 중에서

한가득 벚꽃~
앨리와 그레이스가 웃고 있다.

삶이 웃는 날은 쉬어 간다

2020. 4. 6.

꽃비가 내린다.

엘리와 그레이스가 흩날린다.

아름다운 벚꽃이….

왜 눈물이 나려 하는지….

삶이 웃는 날은 쉬어 간다

그리고 봄, 꽃향기에 흠뻑 취하다

2020. 4. 14.

작년 12월 19일 크리스마스 선물처럼 도착했던 튤립 구근들.
흥분을 감추지 못한 건 담덕도 마찬가지~
구근이 담긴 봉투 안을 탐색하고 갸우뚱거리고^^

선물해 주신 로맨틱 가드너 님이 가르쳐 준 대로
흙 10㎝ 아래 구근을 심는 내내 기도하는 마음이었고,
찬바람 부는 겨울 그 옆을 지날 때마다 안부를 물었다.

2월 말쯤 흙이 한 덩어리로 뭉쳐져 있을 때에는
뚫고 나오는 게 힘들까 봐 가는 호미로
윗부분의 흙을 부드럽게 긁어 주었다.

짜잔, 이 어여쁜 튤립들♡
지금 어찌 더 행복하리요~

삶이 웃는 날은 쉬어 간다

쉼이 있는 나은 쉬어 간다

2020. 4. 17.

라일락 꽃향기가~

유난히 라일락을 사랑하는 스텔라 엄마 덕에
4월의 아침이면 담덕은 라일락 향에 흠뻑^^

크고 작은 서른 그루가 넘는 라일락들이
마당 곳곳에서 아련한 추억을 떠올리게 한다.

그리고 봄, 꽃향기에 흠뻑 취하다

작은 아씨들 보닛 레이스 같은 사과꽃이 폈다.
잡초 뽑느라 구부려 있다가 허리 아파
천천히 일어나는데 사과꽃이 보고 있었다.

오래전 엄마가 아주 작은 사과묘목 세 그루를 심어 주셨을 때,
"엄마가 무슨 스피노자나 마르틴 루터도 아니면서 사과나무는 무슨….."
이라며 꽃나무가 아닌 것에 별 반응을 안 보였었다.

이십여 년의 세월이 흘렀고
사과나무꽃은 아주 예쁘다.

엄마, 안녕?
하늘에서 웃고 계시겠네^^

그리고 봄, 꽃향기에 흠뻑 취하다   127

웃는 날은 쉬어 간다

2020. 5. 3.

오월의 어느 날 아침 농원에 나가 보면
돌계단, 장독대 돌 틈, 라일락 향기 지나간 그 아래 땅 위로
보라색 크리핑 타임이 마법처럼 펼쳐져 있는 것을 보게 된다.

– 책『단발머리 담덕』중에서

그리고 봄, 꽃향기에 흠뻑 취하다

129

겨울을 견디고 라벤더가 얼굴을 쑥 내밀었다.
어마무시 추운 산속이라 노지에서는 번번이 실패했었는데
지난 겨울이 비교적 포근해서 그런가 보다.

크리핑타임 사이로 "나 여기 있어요~" 하며 올라오는데
와락 안아 주고 싶었다.

온실에서 키운 아이들은 벌써 꽃을 피웠고…
노지에서 살아남은 친구들의 올겨울을 미리 궁리해야겠다.

삶이 웃는 날은 쉬어 간다

그리고 봄, 꽃향기에 흠뻑 취하다

2020. 5. 11.

작은형아랑 함께하는 담덕의 5월♡

삶이 웃는 날은 쉬어 간다

그리고 봄, 꽃향기에 흠뻑 취하다

2020. 5. 18.

귀부인 같은 작약이 폈다.

풀 뽑으랴, 카모마일 수확하랴, 옮겨 심은 아이들 챙기랴…

바쁜 걸음으로 스치듯 "안녕?" 했는데

라벤더도, 바질도 다들 잘 자라 주었다.

담덕도 작약의 매력에 흠뻑 취하고~

삶이 웃는 날은 쉬어 간다

마당 곳곳에서 붉은 인동이 덩굴을 만들고 있다.
카모마일, 딜, 휀넬 등의 모종을 준비하다
뒤돌아보니 담덕은 인동덩굴과 어우러져 있다.

가끔 어색하고 아쉬운 일들이 생겨도
바람이 숨결이 되는 자연 앞에서는 그냥 웃음이 나온다.
지금 이 순간 작은 화분 속 모종들보다
더 중요한 일은 없는 듯, 하하^^
마당의 아이들은 쑥쑥 잘 자라고~

그리고 봄, 꽃향기에 흠뻑 취하다

해마다 미리 주문하시고 기다리시는 분들을 위해
카모마일을 수확하는 일은 기쁨이다.

담덕이와 아침 햇살을 받으며 하나하나 손으로 정성을 들였는데
올해는 건장한 청년이 도와주어 훨씬 즐거웠다.

음악을 전공하는 이 청년을 농부로 만들기 위해
스텔라는, 오랜 시간 남몰래 공을 들였는데…^^

삶이 웃는 날은 쉬어 간다

2020. 5. 27.

도와주는 청년이 있어 가능한~

잠깐의 꿀낮잠 자고 일어나
퉁퉁 부어도 그냥 행복한 오월♡

그리고 봄, 꽃향기에 흠뻑 취하다

다시 여름,
꿈꾸듯 피어나는
농원에서

2020. 6. 2.

어린 왕자의 장미.

스텔라의 어린 왕자는 담덕.

단발머리 담덕의 장미는 스텔라.

어릴 적 책 냄새가 좋았던 한옥 집에서,

그때까지 읽었던 동화책과는 달랐던 『어린 왕자』는

무언가 다른 세상을 열어 주는 듯했다.

꼭 한번 만나고픈 남자~ 생텍쥐페리^^

비행기 타고 어느 행성으로 가 버렸나요….

 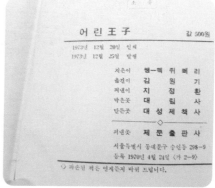

삶이 웃는 날은 쉬어 간다

2020. 6. 7.

며칠 전부터 담덕이가 쉬~하는 게 느리고
불편해 보여 방광염이려니 생각하고 병원에 갔는데
요로결석이라 해서 바로 수술을 했다.

8살 될 때까지 떨어진 적이 없던 아이라
입원실에 혼자 두고 밤에 오는데 그냥 눈물만 나왔다.

상황 설명을 해 주니 담덕은 담담히 받아들이는 듯했는데….

아이 생각에 잠이 오지 않아 이 밤에
다락방까지 청소를 하고 수건을 푹푹 삶다 보니,
남편은 다크초콜릿에 와인을 마시며 멍하니 있다가
날이 밝는 대로 면회 가자고 한다.

결국 우리는 담덕이가 거미를 처음 만났던 동영상이랑
아기 때 사진을 보며 마음을 달래고.

팜스텔라허브위는 단발머리 담덕의 집~^^

삶이 웃는 날은 쉬어 간다

다시 여름, 꿈꾸듯 피어나는 농원에서

아픈 담덕 신경 쓰느라 농원의 식물들에게 물을 주면서
"담덕이가 아파서 그래. 좀 소홀하더라도 이해해 줘!"라고 말했는데

센트존스워트는 어느새 노란 꽃을 활짝 피웠고
오디나무들은 굵은 열매를 떨어뜨리고 있다.
스테비아, 바질, 오레가노 등등 다들 한창이다.

한번 칭얼대지도 않고 잘 견뎌 더 애틋한 담덕은
아침나절 잠깐 마당을 둘러보고….

담덕이 완전히 회복되면
로즈마리를 넣은 오디잼을 만들어야겠다.

삶이 웃는 날은 쉬어 간다

2020. 6. 15.

여름에 비가 내리면 풀들이 제일 잘 자란다.
그리고 비가 그치면, 호미가 없어도 잘 뽑히는
잡초들 해결하느라 손이 바빠진다.

풀들에게도 인류애를 느끼는 농부라며 스스로를 포장하고,
잡초가 많은 쪽은 쳐다보지 않고 지나치곤 한다.

아~ 랄랄라~~

이 건장한 청년은 농땡이이긴 한데
마음먹고 일을 시작하면 찡그림 없이 해치운다.
덕분에 수술 후 회복 중인 담덕이 기분 전환 겸
드라이브하며 여유로웠네요^^

삶이 웃는 날은 쉬어 간다

다시 여름, 꿈꾸듯 피어나는 농원에서   147

2020. 6. 17.

소프워트(Soapwort)가 비눗방울처럼 꿈꾸듯 피어나고 있다.

소프워트는 천연세제로 쓰이는 다년초 허브다.
유럽에서는 소프워트의 줄기나 잎을 물에 넣고 끓여
비누액처럼 사용했다고 한다.

담덕은 요즈음의 이른 아침이면
소프워트 향을 맡으며 엄마를 따라다닌다.

삶이 웃는 날은 쉬어 간다

캣닢(Catnip)은 고양이가 좋아하는 허브다.
고양이가 좋아하는 박하라 하여 캣민트(Catmint)라고도 한다.

오래전 고양이를 좋아하는 지인의 부탁으로 캣닢 말린 잎으로
속을 채운 쥐 모양 인형을 만들어 드린 적이 있는데
고양이가 엄청 행복해했다고 하셨다.

지난 2월 늦겨울의 어느 날 집 뒤편 대나무숲 입구에서
물끄러미 담덕이를 지켜보던 아기 고양이를 즐겁게 해 주려고
농원 끝에 있던 캣닢을 옮겨 심고 더 정성 들여 키웠다.

'서든리(Suddenly)'라고 부르는 이 고양이는
가끔씩 나타나 잘 있음을 알려 준다.

아~ 내일은 살구를 왕창 수확해야겠다.

삶이 웃는 날은 쉬어 간다

2020. 6. 25.

"별님이 만든 허브과자도 먹고 싶고
페퍼민트와 바질도 필요하고요."
이걸로 충분했다.
스텔라를 장마철에도 별님으로 만들어 주는
수녀님 친구의 전화에 청주로 향했다.

채식 요리 마스터 과정 3년 내내
민들레 수녀님은 요리 짝꿍이었다.
같이 수업을 했던 남편은 된장·고추장 담글 때만
눈을 반짝였던 농땡이 학생이었고….

좋은 벗들이 있어 일주일에
한두 번(2년 동안은 담덕이도 함께)
괴산까지 다니는 일이 즐거웠다.

수녀님은 직접 기른 채소들로 점심상을 차려,
가냘픈 체구에 비해 마디 두꺼운 손으로
호박잎을 하나씩 펼쳐 주셨다.

지금의 삶에 아름다움을 느낄 수 있는 건
이런 마음들 덕분이리라~^^

삶이 웃는 날은 쉬어 간다

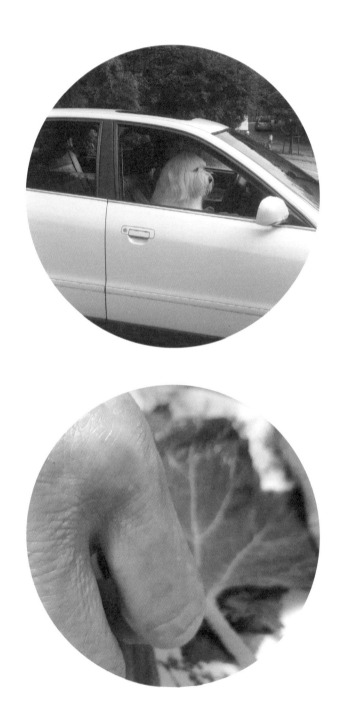

담덕이가 아빠랑 코-코- 편히 낮잠을 청할 때
로즈마리 살구잼을 만들었다.

작년보다 살구 수확량이 적었지만 그저 감사한 마음으로~
튼실한 로즈마리를 넣고 젓고 있노라면
떠오르는 소중한 이들이 있다.

이 신선한 로즈마리는 알고 있었을까?
따뜻한 살구가 품어 줄 것을♡

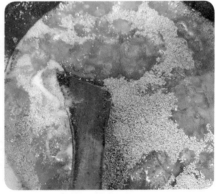

삶이 웃는 날은 쉬어 간다

다시 여름, 꿈꾸듯 피어나는 농원에서

우편함 주변에 야로우(Yarrow)가 활짝~

야로우는 비타민과 미네랄이 풍부해 샐러드에 이용한다.

또한 상처의 치료약으로 쓰이는데

트로이전쟁 때 아킬레스가 부상당한 병사들의

상처를 치료하기 위해 이용했다고 한다.

장맛비 틈새 시간에 우후죽순 자라는 대나무들 정리하랴,

마당 쓸랴, 지나가다 들른 강아지들 챙겨 주랴…

큰아이는 나름 열심이다.

목줄이 끊긴 가냘픈 아이는 얼마나 두려워하며 물을 들이키던지…

이 아이들이 처음 나타났던 오후 2시쯤 되면

다시 들르려나 싶어 물과 사료를 종이 그릇에 미리 담아 둔다.

여러 생각을 하게 만드는 아이들.

가만히 들여다보면, 강아지들은 그 눈 안에

온통 선한 기운만 담고 있는데….

삶이 웃는 날은 쉬어 간다

사이 웃는 날은 쉬어 간다

이른 아침 마당은 온갖 새들의 노래 연습실 같다.
예쁘게 색칠한 새장을 놓아두지만,
얘들이 좋아하는 공간은 따로 있다.

올해는 창고 앞에 걸어 둔 양철 물뿌리개 안에 알을 낳았다.
작년에는 주차 경계 화분 속에 어여쁜 새끼들이 들어 있었는데….

담덕은 늘 흥분을 감추지 못하며 고개를 갸우뚱거리지만,
이내 우리는 조심스레 발길을 돌리며 살며시 웃는다.

우리 집에 머물렀다 자유로이 날아가려무나~^^

삶이 있는 날은 쉬어 간다

잎과 꽃을 이용하는 오레가노(Oregano)는
토마토소스, 치즈, 육류, 생선 등에 폭넓게 사용된다.
향이 강하기에 건조시켜 드라이플라워로 두어도 예쁘다.

담덕은 오레가노 향을 진하게 맡았던 탓인지
코를 향해 혀를 계속 날름거렸다.

다시 여름, 꿈꾸듯 피어나는 농원에서

사이 읏는 나은 쉬어 간다
ㅇㅏ 읏는 가다

『폭풍의 언덕』의 히드클리프와 캐서린이 떠올랐던 밤이 지나가고…
떨어진 나뭇가지를 줍다 보니 비옷을 입은 담덕이가
고개를 갸우뚱하며 처마 밑을 응시하고 있다.

"안녕? 꺼비 총각이 있었구나."

우리가 꺼비 총각이라 부르는 두꺼비가
비를 피해 함석 화분 옆에 웅크리고 있다.
폭우에 밤새 외로웠나 보다. 우리가 사랑해 줄게♡

우리의 영혼이 무엇으로 만들어졌든지
히드클리프의 영혼과 내 영혼은 같다고 한 캐서린의 말처럼
나의 영혼도 담덕의 영혼처럼 맑게, 같았으면…^^

2020. 7. 17.

큰형아가 오는 날이면,
멀리서도 담덕은 큰형아 차바퀴 소리를 용케 알고
얼른 공을 가지러 간다.

엄마보다 형아가 더 멀리 공을 던져 주기 때문인 듯^^
이 농땡이 청년은 이곳저곳을 둘러보며 쓱쓱싹싹
땀을 흘린 뒤 라벤더 요거트와 로즈마리 빵, 토마토와 바질 등으로
순식간에 한 끼를 준비하며 행복해한다.

삶이 웃는 날은 쉬어 간다

2020. 7. 19.

비가 오려나?

삶이 웃는 날은 쉬어 간다

며칠 전 손님이 오래전 우리 가게 명함을 나에게 선물하셨다.

여태 지갑에 넣어 다니셨다며 ♡

이십 년 전 내가 종이를 잘라 만들었던 이 명함이

그분의 삶에 좋은 영향을 주었다 하시니 그저 감사했다.

"포장이 더 크고 화려했으면 좋겠어요. 비닐은 없나요?"

손님들이 한 번씩 그러신다.

가게 화장실에서 이십여 년을 사용하는

손 닦는 수건은 낡아서 새로 만들어 두고,

예전에는 포장 봉투도 남는 종이나 천으로 만들었었다.

천 가방에는 주머니에 법랑컵을 넣어 다니며

일회용품 대신 사용하곤 하는데, 지인들은

"네가 그런다고 뭐가 달라지는데?"라며 맞는 말씀들을 하신다.

여러 단골분들이 모아 가져오시는

다양한 쇼핑백들을 재활용하기도 한다.

정치를 하시는 분들 중에서 지구 환경에 대해

적극적인 분이 나오면 좋겠고,

기업들도 환경을 생각하며 더 발전했으면 좋겠다.

부모님들과 선생님들이 무엇보다 중요한 환경에 대해
아이들에게 교육시키고 실천해야 한다.

우리의 아이들이, 담덕이랑 또 다른 소중한 생명체들이랑 같이
자연 속에서 어우러져야 하지 않겠는가?

그저 고마운 이 땅에 살고 있으니~^^

삶이 웃는 날은 쉬어 간다

2020. 7. 21.

여름날♡

삶이 웃는 날은 쉬어 간다

2020. 7. 22.

오래된 집이다 보니 3년 전부터 비가 오면
가게 한편 유리로 지붕을 한 공간에 빗물이 샌다.
그러려니 하고 양철통을 받쳐 두고 걸레로 닦았는데
이젠 두 군데로 늘어나 버렸다.

스텔라의 가게에 비협조적인 남편을 설득하기가 쉽지 않았지만,
"담덕이가 구멍 난 우산을 쓰고 있는 것 같아."라는 말로
남편의 마음을 움직여, 지붕을 교체할 자금을 지원받게 되었다.

덕분에 장맛비가 포근하다.
담덕 아빠가 가게에 경제적인 지원을 해 줄 때면,
비 오는 날의 우산이나 푹신한 장화 같다.
오늘은 페퍼민트 맛 허브커피가 딱이다^^

삶이 웃는 날은 쉬어 간다

비가 내리면~

빨랫줄은 즐겁게 휴식하며 몸을 씻고,

아빠한테 붙잡힌 담덕이는 스르르 낮잠을 잔다.

스텔라만 사부작사부작 집주변을 둘러보며

비 그친 뒤 해야 할 일들을 떠올려 본다.

넘어진 아이들을 일으켜 주고

물길에 파인 땅을 고르게 해야겠네.

잡초들도 장난 아니군.

부러진 나뭇가지들은 담덕이랑 주워야겠어.

그래도 지금은 빗소리 들으며

『요가난다, 영혼의 자서전』을 읽는 호사를 누리련다.

삶이 웃는 날은 쉬어 간다

2020. 8. 3.

너도 내 마음과 같을까?

삶이 웃는 날은 쉬어 간다

뒤엉킨 실타래를 푸는 것처럼 장맛비 멈춘 마당을 둘러보노라니
평소에는 예쁘다 생각지 아니한 호스래디쉬(Horseradish)가
눈에 들어온다.

호스래디쉬는 뿌리를 갈아 와사비 대용으로 사용한다.
유태인들이 유월절에 먹는 5가지 쓴 나물 중의 하나로
비타민C가 많고 혈압을 내리는 효과도 있다.

갑자기 나타나 나무 위로 올라가 버린 들고양이와 숨바꼭질하랴,
여름방학을 맞아 담덕이 보러 온 작은 숙녀 송원이 배웅하랴~
담덕이는 나름 바쁘다.

사이 웃는 날은 쉬어 간다

2020. 8. 8.

길고 긴 장마.

집 뒤편이 바로 산이다 보니
(산사태) 괜찮으냐고 걱정해 주시는 지인들의 전화를 여러 통 받았다.

땅에 튼실한 뿌리를 내리고 묵묵히 집 뒤편에서
숲을 이루어 흙을 잡아 주고 물길을 분산시켜 주는
대나무들을 보면서 자연과 더불어 존재해야 함을 절실히 느낀다.

비가 그치려나…. 담덕이는 밖을 보고 또 보고^^

어떤 아련함과 그리움들이 엮이어 이리 긴 비가 오는 걸까?

삶이 웃는 날은 쉬어 간다

2020. 8. 11.

긴 장마 사이로 햇살이 반짝♡

아이스 허브커피와 함께하는 8월의 어느 날.

삶이 웃는 날은 쉬어 간다

50일 긴 장마 끝 반가운 햇살에 세탁기가 바쁘다.

가게 쿠션과 방석들도 싹- 세탁 후 뽀송뽀송 말리고.

침대보로 사용하는 퀼트 이불을 세탁 후 햇볕에 널다

무심코 발견한 내 이름과 날짜.

한 땀 한 땀 손으로 만든 이불 끄트머리에

'1994. 11. 21.'이라고 실로 새겨져 있었다.

아~ 그랬었지.

이걸 만들면서 마무리를 위해

거실을 차지하고 바느질을 하고 있으니

엄마는 흐뭇해하시면서도 씁쓸한 미소를 지으셨던 것 같다.

가슴 한켠 그리움이♡

이 습한 무더위 속에서도

마음에는 벌써 가을이 오고 있나 보다.

그리스 신화에서 프로메테우스가 인간을 위하여 불을 훔쳐
지상으로 내려올 때 휀넬(Fennel)의 줄기에 옮겨 붙였다고 한다.

휀넬은 이뇨 작용이 있어서
체중 감량, 비만 방지, 요로결석에 좋은 허브티이다.
해독 효과도 있고 과식 후에는 소화를 촉진시켜 준다.

요로결석 수술 후 무더위에 바깥 활동을 줄이고
주로 실내에서 생활하다 보니 통통해진 담덕이에게
마음으로 우려 주고 싶은 허브티이다.

삶이 웃는 날은 쉬어 간다

2020. 8. 22.

담덕 아빠가 만든 나무 벤치 틈새로
쑥~ 올라온 너, 너희들♡

담덕이가 친구 해 줄까?
내가 옆에 앉아 줄까?

다시 여름, 꿈꾸듯 피어나는 농원에서

15년 지기 두꺼비 친구

(담덕이와 두꺼비는 8년 지기)

내 눈엔 그저 예쁘다.

'꺼비 총각'이라 불렀었는데 혹시 아가씨면 어쩌나 싶어

요즈음은 그냥 "꺼비야, 꺼비야~" 하며 부른다

꺼비는 나와 많이 닮았다.

혼자 잘 놀고, 부지런하다.

꺼비야~

남의 눈을 의식해 화려한 척 생각 없이 사는 것보다,

외롭더라도 순수함을 추구하는 소박한 너의 삶이 나는 좋아♡

삶이 웃는 날은 쉬어 간다

2020. 8. 30.

봉선화를 감상하던 담덕이가
흰머리 희끗희끗해지는 스텔라에게~

"손톱에 봉선화꽃물 들이던 때가
엄마에게도 있었을 거야.^^"

다시 여름, 꿈꾸듯 피어나는 농원에서

다시 가을,

햇살이 마음에

스며들다

2020. 9. 4.

농원 입구 나무 틈 사이로 줄기를 넣어

이리 예쁘게 드리웠구나^^

그래, 너의 삶도 소중하단다~

삶이 웃는 날은 쉬어 간다

바비와 하이선 두 태풍들이 지나가고.

늘 형아들이랑 놀고 싶은 담덕은
아침마다 수국 화분에게 달려가 마음을 달랜다.

까다로운 제라늄은 온실 한편에서,
무던한 벌개미취는 마당에서 쑥쑥 올라오고,
내겐 어려운 장미도 꽃을 보여 주고,
체리세이지는 태풍에 아랑곳하지 않고
유연하게 제 색깔을 지녔다.

부서지고 날아가 버린 것들에게 제자리를 찾아 주고
손질하고 수확해야 할 것들이 많지만
지금, 제대로 9월이다~

다시 가을, 햇살이 마음에 스며들다

삶이 웃는 날은 쉬어 간다

2020. 9. 10.

까다롭지만 우아한 제라늄도,

까칠하지만 순수한 담덕이도

초가을 햇살 아래 어여쁘다♡

다시 가을, 햇살이 마음에 스며들다

2020. 9. 12.

체리세이지, 파인애플세이지, 멕시칸세이지, 가든세이지.

'약용살비아'라고도 하는 세이지는
향기로운 밀원식물로 잇몸의 염증, 구내염에 좋다.
17세기에 홍차가 전해지기 전까지는 세이지차가 유럽에서 애용되었다.
육류 요리에 넣으면 풍미가 더해지고 지방분을 분해시켜
고기를 먹은 후 소화를 촉진시켜 준다.

작년 가을에 마당 한구석 혼자 떨어져 있던
여린 가든세이지가 애처로워 온실 안으로 옮겼는데
이 친구는 여름을 지나면서 온실 안을 영 마음에 들어 하지 않았다.

지금 내리는 이 비가 그치면
얼른 옮겨 주려고 좋은 자리를 봐 두었다.

주말마다 내리는 가을비에 담덕이는
아빠한테 강제로 붙잡혀 마지못해 잠이 들었는데
꿀낮잠을 즐기는 걸 보노라면 대리 만족이 된다♡

196   삶이 웃는 날은 쉬어 간다

자작나무 오형제 아래 한 무리의 품위 있는 가든세이지와는 달리
마당 한구석 홀로 남겨진 가든세이지가 외로워 보여
지난해 늦가을에 온실 끝 쪽으로 옮겨 주었었다.

여린 뿌리가 다칠까 염려되어 담덕 아빠를
한나절 정원사로 고용해 옮기고는 뿌듯해했었다.

근데 이 친구는 여름이 지나면서
온실 안을 영 마음에 들어 하지 않았다.
온실 끝 쪽으로 옮겼는데도 답답해하고
늘 시무룩해 보여 신경이 쓰였다.

그래서 좋은 자리를 고르고 골라
바람이 잘 통하는 야외에 다시 옮겨 주었다.

비 그친 후 아직 흙이 촉촉할 때
넓고 깊게 땅을 파서 옮겨 주며 따스한 마음을 전했다.

바깥의 바람과 햇볕을
다시 너에게 돌려주니 잘 지내려무나^^

삶이 웃는 날은 쉬어 간다

박 터뜨리기, 달리기, 김밥, 달걀마요네즈 샌드위치….

운동장 어딘가에서 엄마랑 만날 장소를 하루 전날부터
확인하고 확인하며 가을운동회를 기다리던 때가 있었지.

기분 좋은 9월의 바람이
소중한 기억 한 조각을 꺼내어 주었다.

담덕, 한번 뒤돌아볼래?

삶이 웃는 날은 쉬어 간다

2020. 9. 20.

9월의 햇살이

너의 환한 웃음으로

나의 마음에 스며든단다~^^

삶이 웃는 날은 쉬어 간다

네 옆에 늘 있을 거야♡

네가 해맑게 웃으며 편하게 놀 수 있도록….

삶이 웃는 날은 쉬어 간다

2020. 9. 25.

담덕 아빠는 토분 같은 사람이다.

화려하지 않은 수수함 그 안에 품은 사랑으로
넉넉히 보호막을 만들어 주는….

운전 중 급브레이크를 밟게 되면
그 남자의 오른손은 이미 투덜 공주의 안전띠 앞에 와 있다.
꿈속에서 악당에게 쫓겨 헤매고 있을 때
용케 알고 손을 잡아 깨워 줄 땐 배트맨처럼 느껴진다.

때로 이기적인 사랑으로 미치게 할 때도 많지만,
그것 역시 현실적이지 못한 여자를
지켜 주려는 마음에서란 걸 이제 나는 안다.

토분을 좋아하는 스텔라를
'투덜 공주'라고 부르는 이 남자는,
선물 같은 담덕이의 아빠다♡

삶이 웃는 날은 쉬어 간다

다시 가을, 햇살이 마음에 스며들다

예전에 체 게바라 평전을 접하며 아이러니하게도
어떤 부분에서 그리스인 조르바의 자유를 느낀 적이 있었다.
제대로 조르바 같은 남자와 같은 시대에 살고 있는 느낌이다, 나훈아.

살다가 가슴이 답답할 때 문득 떠오르는
마왕 신해철이나 유재하와 마이클잭슨이 그리울 때도,
나는 담덕이를 바라본다.

이 아이와 늘 눈을 마주치다가
한 번씩 서로 다른 방향을 보기도 하지만
이 순간 예쁜 가을 하늘 아래에서 같이 지금을 누리고 있으니♡

요즈음은 담덕이가 내겐 나훈아다.

삶이 웃는 날은 쉬어 간다

58일 긴 여름 장마 뒤의 가을이라 그렇겠지?

레몬밤은 지금 더 싱싱해 보이고 한련화도 참 어여쁘다.

매혹적인 향을 거부할 수 없는 바질도,

달콤한 스테비아도 꽃을 피워 버렸다.

방치해 두어 핀 꽃들이 밉지 않다.

좋아하는 큰 토분에 심었던 페퍼민트는

예뻐서 따지 않고 여름날을 두었더니,

이 가을 야윈 몸으로 보라색 꽃을 피워 벌들이 찾아온다.

태평양 어딘가에는 한반도 15배 크기의

플라스틱 섬이 형성되어 있다는데….

산에서 몸으로 느끼는 최근의 기후 변화를

자연의 모습들에서 강하게 알 수 있게 되어 버렸다.

여전히 아름다운 가을날의 모습을 온 힘으로 보여 주는

지구에게, 우린 달라져야 한다.

삶이 웃는 날은 쉬어 간다

2020. 10. 10.

눈을 못 뜨겠어요♡

가을바람이 갈대를 흔들며 해님과 춤을~

삶이 웃는 날은 쉬어 간다

체리세이지, 레몬버베나 등등을 온실로 옮기다 보니
담덕이는 사마귀와 심각한 상황이었다^^

겨우내 작은 동물들이 먹을 수 있도록
밤 그만 주워 가세요, 아주머니들.
밤 주우러 와서 산에 쓰레기 버리고 가는 것도 미운데
그리 살뜰히 주워 가시면 동물들은 어떡하나요?
조화로운 생태계에서 다들 같이 살아야죠.

산에 살다 보니 산에 사는 동물들 마음이 되어 간다.

다시 가을, 햇살이 마음에 스며들다

사이 웃는 날은 쉬어 간다
20

2020. 10. 12.

막바지 수확하려는 레몬밤들 사이에서
카모마일이 건강하게 웃고 있었다.

이 가을에 피어난 건,
가을장미와 국화가 보고 싶어서겠지~

바람에 흔들리는 갈대도 보려무나^^

쉬어 웃는 날은 쉬어 간다

2020. 10. 14.

아침마다 마당 곳곳을 누비며 새들과 인사하고
식물들과 속삭이며 향을 느끼는 단발머리 담덕.

여덟 번째 맞는 가을날을 마음 깊은 곳에 담아 두겠지♡

삶이 웃는 날은 쉬어 간다

가을에는 짧은 햇빛도 감사해하며 빨래를 널어야 한다.

빨래를 폭폭 삶아 햇빛에 너는 걸 좋아하는 스텔라를 위해
남편이 널찍한 공간을 만들어 주었을 때 이 남자가 예뻐 보였다.

우리가 '햇살 빨래'라고 부르는 이 공간
뒤편에는 하트 화분이 벽에 달려 있고,
아래는 조그마한 밭이라 봄에는 카모마일이,
여름에는 감자와 바질이, 가을에는 국화가 예쁘다.

여름에는 탈수를 하지 않고 물이 뚝뚝 떨어지는 빨래를
물 주듯 깻잎 위에 널기도 했다.
내가 빨래를 너는 동안 담덕은 무슨
대단한 호위무사라도 되는 듯 경계를 늦추지 않는다.

수수한 이 삶이 나는 참 편하다.

삶이 웃는 날은 쉬어 간다

사이 있는 날은 쉬어 간다

2020. 10. 17.

초록머리에 연보라색 머리핀을 하고
사랑스런 머릿결을 길게 늘어뜨린 듯한
크리핑로즈마리(creepingrosemary)를 보면,

제인오스틴의 『오만과 편견』에서 제인이
빙리 씨의 청혼을 받아들일 때의 모습 같다.

다시 가을, 햇살이 마음에 스며들다   223

2020. 10. 20.

낮에 체리세이지 수확하다 두고 온 가위가 생각났다.
밤이슬에 젖을까 신경이 쓰였다.

편히 쉬다 나가기 싫은 듯한
담덕이를 데리고 지난밤 마당에 나갔더니,
오래전 엄마가 심어 주셨던 세 뼘 작았던 감나무가 자라서
나에게 밤하늘의 사랑이 되어 주었다.

가을이면 더 그리워지는♡

2020. 10. 21.

스텔라는 오늘도 씩씩했다.

오늘 떠나갈 허브들을 담고 물 주고 격려하고~

어제 구입하러 오신 분께, 봄에 가져가시면 안 되겠냐고 했더니

의아해하시다 웃으시며 잘 키우겠다고 여러 번 말씀하셨다.

가을에 떠나는 아이들은 마음이 쓰인다.

낮에 담덕이랑 한 번 더 쓰다듬어 주고

5시쯤 손님 트럭에 옮겨 줄 때도 가는 동안 흔들릴까 봐

아이들 자리 배치를 신경 썼더니 계속 웃으셨다.

허브들을 키워 건조해서 허브차로 판매할 때는 그냥 뿌듯한데,

가을에 식물로 판매할 때는 마음이 쓰인다.

곧 다가오는 겨울을 제대로 알아서 그렇겠지….

삶이 웃는 날은 쉬어 간다

흐린 날 더 황홀한 그대, 단풍♡

가을날의 테라스 벤치에 당당하게 자리한 그대들은
여덟 살 담덕이의 마음마저 물들여 집 앞을
제한 속도보다 더 빠르게 달리도록 만드는구나~

삶이 웃는 날은 쉬어 간다

바쁜 단풍철이긴 하지만
가을 타는 두 남자들을 위하여 토요일, 일요일 쉬어 간다.
남편도 담덕이도 같은 연배의 갱년기인지…^^

"아침에 눈떴을 때 당신이 옆에 있으면 좋겠어."

빨간 국화 얼굴에 떨어진 낙엽을
치워 주고 있는 스텔라를 굳이 찾아와,
남편이 작지만 강하게 말하는 순간
멍해지면서 느낄 수 있었다.

아침 시간을 늘 농원에서 식물들과 보내고,
본인이 쉬는 주말에도 일하는 스텔라를
이해하느라 외로웠구나, 이 남자♡
담덕이도 그랬겠지.

이문세의 노래 〈그녀의 웃음소리뿐〉에서
"하루를 너의 생각하면서 걷다가 바라본 하늘엔~"
이 구절이 참 좋다는 이 남자의 후반부 가을이
덜 쓸쓸해지도록 따스하게 보듬어 주리라.

삶이 웃는 날은 쉬어 간다

다시 가을, 햇살이 마음에 스며들다

싸이 웃는 날은 쉬어 간다

차멀미에 좋은 아로마테라피를 문의하시는 분들이 예전보다 많아졌다.
코로나19로 가족들끼리 자동차로 여행을 많이 하게 된 영향인지….

심신을 깨워 활기를 주는 페퍼민트는
졸음 방지, 차멀미뿐만 아니라 임산부의 입덧에도 도움을 준다.

페퍼민트는 허브티로 마셔도 좋고
식물 자체로 이용해도 되지만, 더 간편하게 활용하려면
손수건에 페퍼민트 에센셜 오일 두세 방울을 떨어뜨려 향을 맡으면 된다.
스트레스가 줄어들고 차멀미가 가라앉는 걸 느낄 수 있을 테니….

대개의 어린이들은 페퍼민트 향을 맡으면
박하사탕이나 치약을 떠올리며 재미있어 한다.

2020. 11. 6.

말하지 않아도 알아요♡

갈증 나는 담덕이에게
맛있는 물이 되어 주는 담덕 아빠.

꿈을 향해 바쁜 형아들을 대신해
아빠가 담덕이와 놀아 주며 가을을 담는다.

삶이 웃는 날은 쉬어 간다

2020. 11. 8.

팔공산이 많이 붐비는 단풍철 주말에는 허브위가 쉬어 간다.
단풍 담은 마음으로 찾아오셨을 손님들의 전화에 미안한 마음 가득♡

아래 입구만 열어 두고 위쪽 입구를 막아 놓은 것은
왕래하는 많은 차들을 감당하기 버겁기 때문이다.
허브위 울타리 안에서 감도는 따뜻한 기운을 좋아하시는 분들을 위해~

농원도 가게도 주인을 닮아 팍팍한 시간들을 견디지 못하는 듯하여
붐비지 않고 여유로울 때에만 하려 한다.

담덕이와 마당 곳곳을 둘러보며 필요한 곳에 돌을 옮기고,
꽃들 얼굴에 떨어진 나뭇잎들을 치워 주고,
바람이 전하는 말들을 가슴에 담는 시간들이 있어야만
허브위 문을 열 수 있을 것 같다.

내년에는 차 바구니를 들고 마당에서 힐링하다 가실 수 있게 준비해야지.
이런 스텔라를 이해하시고 찾아 주시는 많은 분들께 감사한 마음뿐이다.

삶이 웃는 날은 쉬어 간다

사이 없는 낲은 쉬어 간다
20

2020. 11. 12.

땅에 떨어진 단풍잎도 예쁘다.
너도 예쁘다♡

다시 가을, 햇살이 마음에 스며들다

239

2020. 11. 14.

남편이 해 주는 밥이 제일 맛있다.
그 밥이 김치찌개든 미역국이든….

남편 밥을 먹으면 속 깊은 곳에서부터
따뜻함을 넘은 뜨끈뜨끈한 무언가가 생겨
마음을 누그러뜨려 주고 풀어 준다.

예쁜 세팅을 하고 사진 찍어 볼 여유도 없다.
금방 한 요리를 식기 전에 나에게 먹이고픈 마음에 남편은 늘
"스텔라, 빨리 앉아. 지금 먹어야 맛있어^^"라고 말한다.

오늘은 스파게티~
담덕이를 위해 올리브오일과 마늘만 넣어 먼저 볶아 낸 뒤,
나를 위해 버섯과 데친 소시지도 넣어 주었다.
와인을 곁들이며 편안해지는 저녁 시간이 참 좋다.

삶이 웃는 날은 쉬어 간다

2020. 11. 17.

너와 함께하는 모든 가을날들이 행복이란다♡

늦가을비가 오기 전, 멕시칸세이지 수확 후~

삶이 웃는 날은 쉬어 간다

화려한 날이 지나가고 비움의 시간을 가지는
마당의 식물들이 결코 초라해 보이지 않도록♡
바짝 마른 줄기를 잘라 주고
낙엽들을 쓸어 내는 일들로 아침 시간을 보낸다.

이곳저곳에서 엄마를 따라다니며
늦가을의 모습과 어우러져 잘 노는 담덕이가
"큰형아가 저 멀리 도로에서 걸어오고 있어~"
라고 옹달샘 언어로 말하며 꼬리를 흔들었다.

설마 했는데 절벽 끝에서 보니 아래 땅 너머에서
세상 편안한 모습으로 농땡이 청년이 걸어오고 있었다.
세월아 네월아~ 걸어오는 걸 보니
머릿속을 비울 일이 생겼나 보네^^

담덕이는 한달음에 입구까지 달려가고….
이래저래 세월이 가고 있다.

삶이 웃는 날은 쉬어 간다

사이 있는 날은 쉬어 간다

일 년 내내 크리스마스를 기다리는 나는
아침 산책 후 씻는 담덕이 욕조 옆에도, 티하우스 천장에도
천으로 만든 크리스마스 리스와 모빌을 하나씩 걸어 둔다.

간혹 지인들이 담덕 아빠의 빨간 양말에 대해서 궁금해하시는데
이것 역시 크리스마스를 기다리는 나의 설렘을 남편의 양말로…^^
결혼 후 남편은 줄곧 빨간 양말을 신고,
그 덕에 담덕이도 종종 빨간 양말을 신는다.

팔공산의 아름다운 단풍이 지고 나면 곧 크리스마스 시즌이라
이즈음 우리 가족의 마음속엔 온통 빨강(Red)이 가득하다.

따뜻하고 푹신한 빨간 체크담요 같은 행복이
외로운 이들의 마음에도 가득해지는 크리스마스로 다가오길♡

삶이 웃는 날은 쉬어 간다
20

다시 겨울,
네가 있어
더 따뜻한

2020. 11. 26.

크리스마스 전까지 드문드문 쉬어 간다.
담덕이랑 겨울잠 자는 거라 생각해 주시면 감사♡

오후 6시부터 라디오에서 〈세상의 모든 음악〉을 들으며
저녁 시간을 보내거나 〈인간극장〉을 골라 볼 수 있는 겨울이 참 좋다.

부엌 한편에서 담덕이가 음악을 같이 들으며 저녁 냄새를 확인하고,
대체로 남편이 저녁 요리를 하는 동안 밤에 볼
책이나 영화를 고르며 느긋하고 즐거운 시간을 보낸다.

봄·여름·가을 열심히 일한 후 갖는
겨울의 작은 여유가 참 소중하다.

마스크 없인 외출할 수 없는 현실이지만
더 건강한 웃음으로 살아야지.
우린 소중하니까♡

삶이 웃는 날은 쉬어 간다

잘 키운 허브들을 바구니에 담아 쌀쌀한 초겨울 아침,
고마운 분께 갈 때면 괜히 어깨가 으쓱해지고 발걸음이 빨라진다.

* 추신: 김장김치를 커다란 비닐째로 얻어 왔다.
담덕이랑 다녀가라시더니 김치 주시려고 그러셨네^^
사랑으로 발효시켜야지♡

다시 겨울, 네가 있어 더 따뜻한

샤이 웃는 날은 쉬어 간다

2020. 12. 1.

늦잠 자는 널 깨우고 싶지 않아♡

삶이 웃는 날은 쉬어 간다

모른 체 지나치고 싶었다.

가을날 수확을 거의 했고 지난 세 계절을 열심히 살았으니

지금은 좀 느슨하게 가자…^^

근데 담덕이가 진지하게 향을 맡고 있었다.

씨앗이 꽉꽉 여물게 달린 걸 보니

담덕이가 여름날 맡았던 향보다 더 진해졌겠지.

겨울날 양지바른 곳에서 우리가 지나가길 기다렸으려니

생각하니 아, 가위를 들고 다시 시작.

프로메테우스가 너의 줄기에 불을 옮겨 붙여

지상으로 내려왔다 하니 귀하게 대접할게♡

휀넬은 비만 방지, 체중 감량에 좋고

과식의 소화 촉진과 해독 효과도 있는 허브이다.

삶이 웃는 날은 쉬어 간다
20

관포지교 친구가 있다.

흰머리가 많아 염색을 안 하고 살려는 나에게 친구가,

"너를 보는 내가 슬퍼지려 한다."

고등학교 때부터 나를 봐 온 친구의 말에는 어떤 따스함이 있었다.

고교 1학년 여름날 친구의 집에 놀러 갔을 때,

친구가 아이스커피를 타 주는데

태어나서 아이스커피를 그때 처음 먹어 본 나는

맛도 맛이지만 친구가 굉장히 멋있어 보였다.

그때까지 우리 집에서 커피는 아이들이 먹으면 안 되는 거였으니까.

아침에 잠시 다녀가라며 불러서는

친구 집 거실에서 목에 보자기를 묶어 주더니

나의 머리에서 흰색이 사라지도록 만들어 주었다.

다시 겨울, 네가 있어 더 따뜻한

머리 감기 전 20분 기다리는 동안에는

뚝배기에 달걀찜을 만들어 어서 먹어라 하고.

담덕이랑 가도 따뜻한 곳에 이불 깔아 주며 떡볶이를 해 주는 친구.

이름처럼 착한, 선희♡

이 친구를 만나고 집으로 돌아와 마당의 감나무 곁을 지나노라니

새들의 고마운 먹이가 된 홍시 마음도 읽을 수 있을 것 같다.

삶이 웃는 날은 쉬어 간다

다시 겨울, 네가 있어 더 따뜻한

아침 산책 겸 운동 포함 하루에 여섯 번 정도
마당에 나오는 담덕이와 자연을 그대로 느끼는 이 삶이
편하지만은 않지만 살아 있는 매력이 있다.

땅이 얼어 버려도 뿌리는 살아남기를 바라며 가든세이지와
라벤더의 줄기 정리를 해 주고 벚나무길을 걸어오는데,
담덕이는 정리한 라벤더 잎의 향을 아직 마음에 담고 있었다.

후후~♡
맑고 순수한 너의 영혼에 저장하는 허브 향들이 어우러져
겨울에도 너의 가슴엔 꽃밭이 풍성하겠구나.

삶이 웃는 날은 쉬어 간다

다시 겨울, 네가 있어 더 따뜻한

2020. 12. 12.

네가 있어 더 따뜻해♡

삶이 웃는 날은 쉬어 간다

그 아이가 나타났다, 서든리(Suddenly).

우리가 서든리라고 부르는 이 고양이는
지난 2월 말쯤 집 뒤편 대나무숲에 처음 나타났었다.
작고 예쁜 고양이가 베란다 소파 위에서 자고 있는
담덕이를 물끄러미 쳐다보고 있었다.

이후 그 서든리를 위해 고양이들이 좋아하는 허브 캣닢을
절벽 끝에서 옮겨 와 농원 한편에 심어 주기도 했었다.

좋아하는 굴전을 먹던 담덕이가 후다닥 베란다 쪽으로 나가
옹달샘 언어로 우리에게 알려 주었다.

따라가 보니, 이번 해가 가기 전 잘 있다고 알려 주듯
처음 보았던 그 대나무숲에서
서든리가 우릴 보다가 산으로 올라갔다.

나는 두 손으로 나팔을 만들어 소리쳤다.

다시 겨울, 네가 있어 더 따뜻한

"서든리(Suddenly)~

너의 이름은 서든리란다.

외롭거나 힘들면 (담덕 무서워 말고)

야외 부엌에 와 있으려무나. 건강해야 해♡"

삶이 웃는 날은 쉬어 간다

마른 세이지 한 움큼 집어 타닥타닥 타는
난로 장작불에 같이 넣어 주면 세이지 향이 은은히 퍼진다.

이 향을 느끼려고 난로 문을 닫지 않고
열어 둔 채 담덕이랑 멍하니 앉아 있곤 한다.

싱싱하고 화려했던 모습은 자취도 없이
가냘프기만 한 세이지이지만
마음을 열어 주는 허브 향으로 가득한 뒷모습이다.

문득 초로에 접어드는 나의 뒷모습을 생각하며 더 멍해진다.

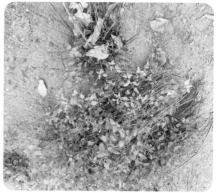

삶이 웃는 날은 쉬어 간다

2020. 12. 20.

며칠 전 빨간 마스크 쓴 담덕이랑
크리스마스 선물 부치러 외출했었다.

코로나 19로 집콕 생활하는 예쁜 친구들에게
크리스마스 선물을 보낼 때면 내가 더 신나고~

이 아이들이 답장 사진이라도 보내오면
나는 일회용 천사가 된 듯한 기쁨을 누린다♡

삶이 웃는 날은 쉬어 간다
20

웃이 웃는 날은 쉬어 간다

2020. 12. 24.

남편이 직접 담덕이를 위해 스테이크를 만드는 동안
나는 산타님을 위해 감기에 좋은 허브차를 블랜딩해서 보온병에 담았다.

"산타 할아버지!
이곳저곳 다니시다 힘드시면 담덕이를 부르세요.
허브티 우려 담은 보온병 들고 담덕이가 달려갈게요."

아아~ 이번 크리스마스엔 산타 할아버지가
어린이는 물론이고 어른들의 마음에도 다녀가셨음 좋겠다♡

삶이 웃는 날은 쉬어 간다

함박눈이 아니어도 좋았다.
지난밤 평화롭게 내리는 눈을 즐기느라
담덕이랑 밤새 창가에 있었다.

아이들이 초등학생일 때는 눈이 내리면
환호성을 지르며 학교에 전화부터 했다.

경찰 아저씨가 파계사 입구에서 동화사 방향을 막아 버리면
(그때는 지금과 달리 인적이 드물었음)
아이들은 집 앞 도로를 눈썰매장으로 만들어 버리며 깔깔거렸고
나는 난롯불에 고구마를 굽고 호떡을 만들며 고립된 겨울날을 즐겼다.

이제 아이들은 다 커 버리고 담덕이랑 아침에 마당에 나가 보니
화분 안에 있는 너는 누구? 또 너는?
사라지기 전에 기쁘게 인사하자.

굿바이 2020!

웃는 날은 쉬어 간다

2021. 1. 2.

온실 앞에서는 겨울을 좋아하는 담덕이가 웃고,
온실 안에서는 식물들이 행복해하고♡
찬바람 쌩쌩~ 제대로 겨울이다.

담덕이 새해 선물은 딸기.
올 한 해도 건강하렴^^

삶이 웃는 날은 쉬어 간다

2021. 1. 4.

나무의 겨울 그림자는
진실한 내면을 보여 주고,

겨울 마당에 선 담덕이는
땅에 떨어진 마른 나뭇잎에게
자유를 주는 바람의 마음을 알아 간다.

휘리릭 날아라~

다시 겨울, 네가 있어 더 따뜻한

삶이 웃는 날은 쉬어 간다

해마다 담덕이랑 쉬러 오는 남해.

이 아이와 같이 잠을 자며 편하게 쉬기 위해 선택한 남해이기에

담덕이의 가슴에 닿은 9년 동안의 남해 겨울은

담덕이를 배려하는 우리들의 마음이 더해져 더 따스했을 듯♡

남편은 이곳에서도 노트북을 보며 일하느라 바쁘고,

내 눈엔 늘 나무들의 모습이 먼저 눈에 들어오고,

담덕이는 경주 보문단지만큼이나 이곳 산책로를 잘 알아

익숙하게 아난티 남해를 즐긴다.

올해도 담덕이는 가게 안의 곰 인형들이랑

친구하고 싶어 밖에서 물끄러미 쳐다보는데….

'같이 놀아 줄 형아들이 저녁 무렵에 도착한다고

담덕이에게 알려 줄까, 말까?

쉬어 웃는 날은 쉬어 간다
20

다시 겨울, 네가 있어 더 따뜻한

2021. 1. 10.

담덕이가 사랑하는 작은형아.
큰형아가 공을 던져 주며 놀아 주고
아빠가 맛있는 고기를 구워 주어도
담덕이는 작은형아를 더 좋아한다.

작은형아가 오면 꼬리 흔드는 형태가 달라지고
보고 싶었다고 웅얼웅얼~ 옹달샘 언어를 쏟아 낸다.

담덕이에게 남편이 루이보스 같은 아빠이고
큰아이가 페퍼민트 같은 형아라면
작은아이는 레몬그라스 같은 형아이다.

둘이 만나면 한낮에도 꿀잠인 듯♡

삶이 웃는 날은 쉬어 간다

따스한 겨울 햇살을 받으며 티트리나무 아래에서
바깥 농원을 바라보는 담덕, 행복하니?

아로마테라피에서 중요한 티트리는
여드름 등 뾰루지 피부의 항진균 작용뿐만 아니라
면역 재생 작용 등으로 화장품, 샴푸 같은 스킨케어에도 좋다.

특히 티트리 오일은 무독성으로 자극이나 감염성이 없어
손소독제를 만들 때에도 아주 유용하다.

삶이 웃는 날은 쉬어 간다

다시 겨울, 네가 있어 더 따뜻한

2021. 1. 16.

봄에 장미를 심으려고 비워 둔 화단에서
담덕이가 한참을 가만히 있다.

무슨 일일까?
마른 가지들을 정리하다 가 보니 화단 모서리에
작은 새 한마리가 꿈쩍도 하지 않은 채 있다.

다친 건 아닐까 안쓰러운 마음에
두꺼운 장갑을 벗고 바구니에 담아 보호하려는데
후드득~ 애써 힘겹게 살구나무 뒤편 절벽으로 날아갔다.

예전 같으면 고개를 갸우뚱하며 나에게
웅얼웅얼거렸을 담덕이가 이제는 그저 따뜻한 눈빛으로
어설프게 날아가는 새의 뒷모습을 바라보고 있었다.

아, 담덕.
너의 맑고 따스한 마음으로
그 아이에게 기운을 주었던 거구나♡

삶이 웃는 날은 쉬어 간다

아기 때부터 자연 속에서 살아온 담덕이는
새, 두꺼비, 바람, 비 등등과 어우러져
함께 살아야한다는 걸 깨달은 것 같다.

사이 웃는 날은 쉬어 간다

큰형아랑 눈 속에서 놀던 담덕이가
장독대 옆에서 내리는 눈을 맞으며 서 있다.
하얀 마법을 즐기는 듯~

순간 이런 생각이 들었다.
이상한 나라의 앨리스와 토끼가 나타나
담덕이와 뒷산으로 사라지면 어떡하지?

얼른 집 안으로 들어가야겠어.
담덕, 담덕~
따뜻한 물에 목욕하자♡

다시 겨울, 네가 있어 더 따뜻한

2021. 1. 25.

겨울 마당의 쓸쓸함이 덜한 건
우리가 함께라서 그런 거야.

삶이 웃는 날은 쉬어 간다

다시 겨울, 네가 있어 더 따뜻한

삶이 웃는 날은 쉬어 간다

2021. 1. 28.

햇빛, 바람, 비, 땅의 마음을 같이 느끼며
스텔라가 정성 들인 로즈마리는
차(tea)로 만들 때 다른 듯하다.

청량한 향의 상쾌함이,
겨울에도 진한 초록색이 아주 마음에 든다.

담덕, 너도 흐뭇하지?

그림자도 사랑스러운 단발머리 담덕♡
호호할머니가 되어 가는 나의 넉넉한 그림자도 밉지 않다.

어느 날 새벽에 잠이 깨면 담덕이와 마당에 나가
밤의 요정들이 머물렀던 기운이 아직 남아 있는
농원 한켠에서 가만히 주위를 둘러본다.

벚나무, 느티나무, 소나무, 라일락, 장미,
자작나무, 백일홍, 살구나무, 사과나무,
목련, 오디나무, 꽝꽝나무 등등….

찬 겨울의 고요함 속에서 느낄 수 있다.
이 나무들이 그들만의 선한 에너지로 감싸 주는 것을.

삶이 웃는 날은 쉬어 간다

다시 겨울, 네가 있어 더 따뜻한

2021. 2. 6.

담덕이의 아홉 살 생일♡

아빠가 담덕이를 위해 로즈마리만 살짝 넣은 수육을,

엄마가 준비한 전복, 큰형아는 케이크,

참석 못한 작은형아는

담덕이가 좋아하는 과일들(토마토, 딸기, 사과, 바나나)….

지금처럼 건강하게 있어 주렴.

늘 너와 함께할 거야.

생일 축하해, 담덕아♡ ♡

담덕~
언제나
니 옆에 있을게 ♡

삶이 웃는 날은 쉬어 간다

봄날의 풋풋함과
여름날의 푸르름,
가을날의 화려함을 기억하는 담덕이는
늦겨울 오디나무 아래에서 정원을 내려다보며
다가오는 새봄을 떠올리는 듯~

삶이 웃는 날은 쉬어 간다

설날이다.
떡국을 먹으며 오손도손 설날을 보내야
새해가 제대로 자리하는 것 같다.

담덕이도 반려견 전용 떡만두국을 먹고~
기다리던 작은형아가 와서 더 즐거운 담덕이의 설날.

모두모두 건강하고 더 행복하자♡

삶이 웃는 날은 쉬어 간다

아침 일찍 친구야한테서 전화가 왔다.
어제 늦게까지 병원 치료하고 돌아가는데
스텔라가 보고 싶었다고….

한쪽 눈이 안 보일 수도 있다는 의사의 말에
어마무시 비싼 검사를 하고
일주일에 하루 안과 치료를 다니는 친구야.

서둘러 남편과 담덕이를 챙기고
고양이 세수만 한 채 나서려는데
싱싱한 로즈마리 한 줄기 전해 주고 싶었다.

어느 줄기를 자를까?
로즈마리에게 양해를 구하는데
아, 담덕아♡
로즈마리 속에서 활짝 웃고 있는 너를^^

이 밝은 기운을 모아 친구야한테 간다.

삶이 웃는 날은 쉬어 간다

다시 겨울, 네가 있어 더 따뜻한

우리가 잠든 밤에 마치 순찰을 돌 듯
이 방, 저 방 둘러본 후 곤히 자는 담덕이를
"잘자, 담덕. 사랑해^^" 하며 안아 주는데
가끔 새벽에 눈이 마주치면 그 애를 데리고 마당에 나가
멍하니 시원한 바람을 같이 느끼다 들어오곤 한다.

새벽의 고요 속에서 마당을 둘러보다
몇몇 나무들의 가지치기를 해 주어야겠다 싶어
날이 밝자마자 싹둑싹둑.

그러다 문득 드는 생각.
내 마음에 한 번씩 찾아오는 어떤 감정들을
싹둑싹둑 정리해야 되는 건 아닌지….

에필로그

epilogue

주민등록증

담덕 (Dam Deok)

130206 - 1803747

대구광역시 동구 팔공산로747
단발머리 담덕의 집

2015.02.06.

대구광역시 팔공산

담덕이의 세 번째 생일날 우리가 만들어 준 주민등록증에는

130206-1803747

이라고 적혀 있다.

130206: 2013년 2월 6일 태어난 날

1: 남자아이

803: 팔공산에 살아서

747: 우리 집 주소 뒷자리 숫자

epilogue

루이보스 같은 아빠, 카모마일 같은 엄마,

페퍼민트 같은 큰형아, 레몬그라스 같은 작은형아를 둔

담덕이는 우리에게 라벤더 같은 아이다.

이 아이 앞에서는 입꼬리가 올라가고 마음이 느슨해진다.

자, 담덕♡

겨우내 잘 쉬었으니 이제 새봄을 맞이해 볼까?

삶이 웃는 날은 쉬어 간다

epilogue